삶이 아무리
그런 거라고 해도

곽철재 시집

시음사
시사랑음악사랑

시력(詩歷)으로 시심을 보여주는 곽철재 시인

작품의 형식적 특성과 표현이 주는 아름다움이란 詩의 가장 기본인 음수율 음보율 등의 리듬에 맞게 시어를 가감하게 적어 내려가는 매력에 있다고 말하는 곽철재 시인을 만나보자, 곽철재 시인은 모더니즘적인 시인이라 칭하고 싶다. 이는 회화성, 공간성, 감각성을 강조하면서 상징주의, 초현실주의, 입체파적인 작품을 독자와 공유하려 노력하는 시인이기 때문이다. 너무 프로다운 면을 보여주지도 않으면서 간결함과 부드러운 시어와 함께 시인이 나타내고자 하는 의미를 잘 표현하려는 노력이 보이기 때문이다. 독자에게 詩가 가지고 있는 아름다움과 깊이를 엿볼 수 있는 멋진 작품을 보여 주려 노력하는 시인이다.

곽철재 시인의 작품을 정독해보면 서정성을 많이 볼 수 있다. 교훈적인 내용을 아름다운 문자의 표현으로 텍스트에 의한 어투가 그러할 것이고 시인이 시어를 선택하는 능력이 뛰어나서 시력(詩歷)이 아주 많은 시인이 집필해놓은 명시를 보는 느낌이다. 어떤 작품에서는 심장으로 울어야만 할 것 같은 감동 그리고 심장이 빨리 뛰는 긴박함 그러면서도 입가에 미소가 절로 짙어지는 향수가 뚝배기에서 끓어 넘치는 것 같은 느낌을 주는 작품을 보여주는 시인이다.

곽철재 시인의 첫 시집 "삶이 아무리 그런 거라고 해도"에는 내적인 심리상태와 주변 환경의 변화에 詩心을 심어 넣는 작업을 하고는 독자에게 그 결과물을 보여 주려 한다. '메시지는 쉽고 짧게'라는 아주 평범한 말이지만 글을 쓰는 사람들에게는 교과서 같은 기본적인 상식을 곽철재 시인의 첫 시집에서 볼 수 있다. 표면적으로 드러나는 일차적인 자연의 모든 것과 내면적으로 표출하는 감정, 서정적인 것이 상호관계를 이루며 내적 비밀을 언어예술로 표현하는 곽철재 시인의 작품집을 독자와 함께 기쁜 마음으로 추천한다.

(사)창작문학예술인협의회 이사장 김락호

시인의 말

삭막한 나의 시도 누군가 읽어주고 또 공감하는 사람이 있을까. 흐트러지고 건조한 생각들이지만 한번 정리는 해두어야 하지 않을까. 이렇게 끙끙대고 있던 중에 주위의 몇 분께서 시집 출간을 독려해 주셔서 용기를 내었습니다.

시를 쓸수록 내 감성과 그릇의 크기가 부족함을 자꾸 절감해야 했지만, 누군가의 마음에 조금이나마 다가가고 싶은 마음과 또 나목처럼 쓸쓸한 우리네 삶에 조금이라도 위안이 될 수 있으면 좋겠다는 생각이 간절했습니다.

하지만 누군가의 마음속에 들어간다는 것이 어디 만만한 일인가요. 결국은 세상에 대한 넋두리만 늘어놓고 만 것 같아 많이 아쉽습니다. 깜냥은 부족한데 마음만 앞서다 보니, 생경한 덧칠로 칙칙한 시가 된 것 같아 부끄럽기도 합니다. 여러 독자님의 넓으신 아량에 기댈 수밖에 없지만 그래도 많이 사랑해 주시기를 기대합니다.

시인 곽철재

✿ 목차

✿ 목차

✿ 목차

✿ 목차

본문
시낭송
감상하기

QR 코드   스마트폰으로 QR 코드를 스캔하면
          시낭송을 감상할 수 있습니다.

제목 : 첫눈
시낭송 : 최명자

제목 : 12월 맞이
시낭송 : 박영애

제목 : 나목(裸木)Ⅰ
시낭송 : 최명자

제목 : 아무리 삶이 그런 거라 해도
시낭송 : 박순애

제목 : 민들레꽃
시낭송 : 박영애

제목 : 만추
시낭송 : 최명자

제목 : 동백꽃 순정
시낭송 : 박순애

시인은 자연을 이야기하고 시낭송가는 자연을 품었다.
글자는 날개를 달아 언어로 날고 소리는 자연에 눕는다.

첫눈

그날
차가운 입맞춤이 있었던 이후로
첫눈이 내리는 날이면
씁쓸한 미련이 빚쟁이처럼 나를 찾는다

얼어붙은 겨울바람이 시린 뺨을 때려도
고대하던 첫 만남에 들떠
하나도 춥지 않던 그날
기대처럼 첫눈이 화려하게 내려주었다

하늘에는 아득히 몰려오는 하얀 새들이
산과 강을 거침없이 유영하고
땅에는 하얀 사랑이
내 손과 가슴에 보드랍게 녹아들고 있었다
……

첫눈은 정말
그리 오래는 내리지 않는 것인가
미숙한 나의 첫사랑은
까닭도 모른 채 진눈깨비로 바뀌더니
마술처럼 비가 되어
내 얼굴을 흘러내린다

제목 : 첫눈
시낭송 : 최명자
스마트폰으로 QR 코드를 스캔하면
시낭송을 감상할 수 있습니다.

12월 맞이

이제, 길섶의 낙엽마저 차분하다
온갖 부유물이 가라앉은 연못에는
무척 닮고 싶은 투명함과
그랬으면 싶은 평정함이
물속 깊숙이 자리를 잡았다

가을 내내 나를 놓아주지 않던
서글픈 외로움마저
차가운 서리에 조용히 엎드려 있고
풀 한 포기 보이지 않는 겨울 들판은
창공을 날으는 새처럼 평화롭다

어제보다 훨씬 깊어진 하늘만큼
대지는 아직 더 차가워져야 할 것이다
나는 문득 지난겨울을 떠올리고선
서둘러 새 문풍지를 생각한다

제목 : 12월 맞이
시낭송 : 박영애

스마트폰으로 QR 코드를 스캔하면
시낭송을 감상할 수 있습니다.

짝사랑

허전했습니다
그대의 향기로운 가슴에
언제나 나는 없었습니다
엄마가 안 보이던 유년의 집처럼
그냥 허전했습니다

마음이 아팠습니다
그대의 화사한 웃음 속에
언제나 나는 없었습니다
비록 그대의 눈길이
순간의 가벼운 연민이라 해도
단 한 번만 내게 머물러 주기를
간절히 기도하였습니다

나뭇가지에 앉은 참새들이
포롱포롱
쌓인 눈을 털고 있는 겨울입니다

그대의 마음속에 여전히 나는 없고
지금도 아프지 않은 것은 아니지만
이젠 견딜 수 있습니다
내가 그대를 사랑함에
그대가 나를 사랑하는 것은
더 이상 필요조건이 아님을
또렷이 알았기 때문입니다

나목 I

12월의 도시에
… 바람이 분다
가지 끝에 매달린 몇 장의 잎들은
연말의 샐러리맨처럼 떨고 있고
꺼칠한 몸뚱아리는 차갑게 웅크리는데
냉기는 내 목덜미에
손 쓸 틈도 주지 않고
… 쑤욱 파고들어 버린다

지난 가을
낙엽보다 많은 사람들이
저마다의 걸음으로 넘실대던 거리에는
거미줄처럼 가늘어진 햇살과
얼음장처럼 식어버린 보도블록만
차가운 바람에 맞서고 있다

죽을힘을 다해
틈새를 비집고 나온 민들레조차
몸보다 더 발가벗겨진
내 가슴속에는
아무런 위로가 되지 못한다

… 너무 춥다

제목 : 나목(裸木) I
시낭송 : 최명자

스마트폰으로 QR 코드를 스캔하면
시낭송을 감상할 수 있습니다.

나목 Ⅱ

엄마 따라 장에 가던 십리 길
납닥바리며 늑대가 무섭던 산길모퉁이에서
차가운 겨울바람을 맨살로 꼿꼿이
오십 년을 살아온 너

오늘은
하나 남은 마른 희망마저
떨궈버린 날

엄마, 힘들제
아니다. 니를 업고 가니 등짝도 따시고 좋네
니는 안 춥나

양지바른 언덕 한 자락 허락받지 못한 채
모진 한파 몰아치는 산비탈에 서서
겨우살이풀 등에 업고
고비고비 가쁜 숨 몰아쉬던 그대여

얼마나 힘들었으면
향 연기보다 가벼운 마지막 잎새마저
저렇게 힘없이
내려놓아버렸을까

해바라기

숱한 날
아내가 둘째를 낳던 날에도
해를 따라 맴돌았지
그 뜨거움은 상상도 하지 못한 채
철도 없이
은은한 달빛이 유혹할 때도
애써 외면하며
멀고 화려한 가을을 꿈꾸었다

차가운 봄바람에
참새 솜털 같은 가슴자락이 상하고
천둥 치며 비바람 불어
겨우 붙어있던 삶의 증거 몇 개마저 떨어지면
알 수 없는 불안에
너는 캄캄한 물속으로 수도 없이 자맥질을 해대었다

누군들
그렇게 살지 않았으랴 싶다

반짝이며 윤을 내던 정열들은
물기 없는 대궁이에 허옇게 말라붙고
오랜 세월 함께 한 올망졸망한 소망들도
삼십 년을 농사지은 우리 아버지 손등처럼
희끄멓게 변색된 채 고분고분 줄지어 매달렸다

늦은 가을날
차가운 서리 한 번에
아직은 창창한 미래를 두고도
깊고 깊은 호수의 아침 안개처럼 만성화된
중년 남자의 무거운 바윗덩이는
이제
자신의 목조차 가누지 못한 채
야윈 육신을 휘우고 있다

담쟁이의 고백

가을비가 세차게 쏟아집니다
거센 바람까지 마구 휘몰아치는 지금
필사적으로 붙들고 살아온 담장을
이제는 놓고 싶습니다
퇴색한 내 순정을 모아
포근한 그대 품으로 가고 싶습니다

높다란 벽을 넘는 위대함은
처음부터 내 것이 아니었나요
살아온 내내 마음이 편치 않았지만
세상의 기대는 항상 나를 앞질러 가고
그런 까닭에
고백은 언제나 힘이 들었습니다

벌레 먹은 육신은 수시로 떨려오고
고단한 삶이 울긋불긋
가슴 속 상처로 배어든 후에야
희미했던 진실을 깨달았습니다
나를 향한 그 무수한 찬사와 부추김은
영악한 인간들의 교활한 음모였습니다
아니, 그것은
가련한 세상의 살아남기 위한
슬픈 몸짓이었습니다

차가운 회한을 한나절이나 쏟아 내린 뒤
날개 젖은 나비 한 마리
아득히 빗물 따라 흘러갑니다

아무리 삶이 그런 거라 해도

꽃이 피었다가
어느 날 문득 떨어지는 건
참 안타까운 일이다
비록 결실을 위해서라고 해도
안타까운 건 안타까운 거다

곱게 물든 나뭇잎이
문득 바람에 날려가고
잘 익어가던 열매가
당연한 것처럼 툭 떨어지는 건
정말 서러운 일이다

비록 본질만은 굳건히 남아
새 생명을 기약한다 해도
정녕 생의 섭리가 그렇다고 해도
서러운 건 서러운 거다

아무리 삶이 그런 거라 해도
아픈 건 아픈 거다

제목 : 아무리 삶이 그런 거라 해도
시낭송 : 박순애
스마트폰으로 QR 코드를 스캔하면
시낭송을 감상할 수 있습니다.

민들레꽃

등꽃이 상쾌하게 드리워진 벤치에선
보이지 않았습니다
길가에 핀 민들레꽃

빨간 줄장미를 따라 걸을 때도
보지 못하였습니다
그날도 바람에 흔들렸을
길가에 핀 민들레꽃

까닭 없이 허전하여 종일을 헤매다가
나는 보았습니다
마을이 끝나는 곳에
홀로 서 있는 민들레꽃

푸석해진 개똥 옆에
참 노랗게도 피었습니다

느티나무 잎을 훑어내리던 비바람이
한바탕 길을 휩쓸고 간 후에
나는 알았습니다

내 마음 깊은 곳에 단단히 뿌리 내린
키 작은 연민 하나
다시는 캐낼 수 없음을

제목 : 민들레꽃
시낭송 : 박영애

스마트폰으로 QR 코드를 스캔하면
시낭송을 감상할 수 있습니다.

재회, 아미랑에서

친구여
우리의 재회가 늦어서 미안하구나
더 빨리 만나지 못했다고
투정은 부리지 않았으면 해

그럼에도 오늘 우리는
악수 한 번에
그 여름, 뜨거웠던 얼굴들을 금방 기억해내었지
패기 넘치던 군가 소리는
허망한 인생에 쓸려가고
반짝거리던 계급장은
세상 괴물에 먹혔구나

새벽부터 밤까지
누구를 위해 끌고 다니던
그 고단했던 세월덩어리는
서로의 눈빛만으로
우리 모두는 단박에 던져버렸다

친구여
한 잔의 쐬주를 마시자
저 깊은 곳 가래를 끌어올리자
그것으로 충분하지 않겠느냐

그래도 아쉽거든
흠뻑 젖은 색소폰 소리에 맞춰
하하 히히 한 곡 보태면 되지

천년을 견딘 고목나무에
반가움을 문지르고
우리의 다짐을 매달아보자
뿌옇게 흐린 동공에
벚꽃잎을 담아보자
빨간 단풍을 넣어보자

친구여
우리 모두의 아미랑에도
언젠가는 차갑고 스산한 바람이 불 것이고
어쩌면 서리가 회한으로 파고들지도 몰라
그러면 어때
비록 이 들판에 메마른 낙엽만 굴러다닌다 해도
우리 모두가 소복소복 눈으로 내려 쌓여
서로의 안타까운 추억덩이들
하얗게 포근하게 덮어주면 되지

세월만 흘렀다고 고목이랴

젊은 한 때,
꽃잎 하나 달지 않고도 파란 구름을 불렀다

교만하던 정열에 자벌레가 그네를 타고
한량없던 좌절에는 매미가 울어주지 않았던가

그러지 않고서야
늙은 아버지 손등 같은
껍질만 둘렀다고 고목인가

철없는 딱따구리 네 속을 후벼 팔 때에도
정말이지 잘 견뎌내지 않았느냐

낙엽이 다 떨어진 너의 가슴에
세상 어디에도 없는 참 인내가 감춰져 있음을
나는 안다

그런 보배가 없고서야
늙고 굽어버린 너의 몸뚱이에
기품이 넘치는 은근한 향기가
어찌 가지가지마다에 넘실댄단 말인가

영화 유감

그대여
오늘은 또 누구에게 추파를 던지고 있나
사랑을 팔아버린 삼류배우여

열심히 진실을 말하는 척하지만
짙은 분장 뒤에 숨어 있는 민낯에는
이제 열정도 순수도 사라져 버렸다

추악한 삶의 흔적을
보톡스로 가린 그 어색한 미소에
사람들은 더 이상 속지 않는다
역겨운 화장 냄새에 머릿속은 어지럽고
마구 내뱉어 대는 말들이
세상을 겁탈하고 있다

강요된 쾌락의 순간이 끝나고
서서히 어둠이 밝아오면
무언가 또 속았다는 자괴감 때문에
나는 오랫동안 자리를 뜨지 못한 채
허망한 입맛만 다시고 있다

연가시 그대

이대로 저 물속에 뛰어들겠습니다
그것이 그대를 위하는 길이기 때문입니다

아니, 내 의지 따위는 처음부터 소용없는
그대와 나의 숙명 때문에
나는 저 냇물 속으로 그냥 뛰어들 수밖에 없습니다

거기는 분명 생사를 가르는
처절한 섭리의 공간이지만
비정한 운명을 온몸으로 감내하는 사마귀처럼
망설임 없이 나를 던지겠습니다

연분홍 수련이 곱게 피던 어느 날
홀연히 내게 왔던 그대는
사랑의 작은 미련 하나 남기지 않은 채
마음까지 송두리째 거두어
내 곁을 떠납니다

어쩌면 내 가슴 어딘가에
짙은 회한 한 자락이 자리한다고 해도
비록 이 두려운 운명의 결과가
또 다른 사랑에 마음을 빼앗긴
그대의 이기심 때문이라고 해도
나는 결코 후회하지 않겠습니다

그대의 사랑이 남김없이 빠져나간 뒤
지독한 공허만 가슴 속에 남을 줄을 알면서도
깊은 물 속을 허우적거리며
잠시를 버티지 못할 줄을 알면서도
저 애증의 물속에 나를 던질 수밖에 없는 것은
결코 그대가 나를
물가로 유인했기 때문이 아닙니다

그렇게 할 수밖에 없는
그래야만 살아갈 수 있는 그대
연가시 그대를
내가 너무 사랑하기 때문입니다

* 연가시 : 사마귀와 같은 곤충에 기생하는 가느다란 철사 모양의 동물

바다와 고래

어느 시인이 말했다
푸른 바다에 고래 한 마리 없다면 바다가 아니라고

그래도 바다는 바다다
고래가 없어도 바다는 바다다

누구나의 바다에도
한두 마리 고래는 있다
문득 왔다가
마음대로 가버리는 놈을
사람들은 굳이 있다 없다 말한다

고래가 없어진 바다에는
잔잔한 물결이 은빛 감사를 날리고
울긋불긋한 산호가 물속에 아름답다
종일을 달려도 여전히 물밑 바위 어디쯤이겠지만
저대로는 열심인
수많은 새끼물고기가 헤엄치고 있다

고래가 바다에 다시 온다

늙고 지쳐버린 고래는
어울리지도 않게시리
거친 호흡과
수많은 물보라로 바다를 휘젓고 있다

우리의 바다에는
까닭 모를 불안과 두려움이
그리고 깊이를 알 수 없는 고민이
겨울 아침의 해무처럼 깔리겠지

목련꽃 순정 I

삼월의 호숫가에는
꽃이 핀다
목련이 핀다
남겨진 이의 가슴에도
하얀 그리움이 피어난다

저 혼자 내리는 봄비는
애잔한 물결 속으로 파고들고
무심한 척 버티고 있는 가지에는
안타까운 기다림이 눈물방울처럼 돋아난다

호수에 봄이 오고
꽃은 또 핀다
하얀 목련이 핀다
그렇게 또
그리움은 물빛처럼 피어난다

목련꽃 순정 Ⅱ

봄이 지천인데
벌써 꽃이 진다
목련이 진다
호수의 비안개를 닮은
하얀 그리움이 지고 있다

그대의 향기로운 입술이
아직도 가슴에 촉촉한데
첫사랑처럼 간직해 온
수줍은 우리의 밀어들은
내리는 봄비에 씻겨
세월처럼 흘러간다

그리운 것은
늘 이렇게 가버리는 건지
다시 언제란 기약도 없이
추억이 진다
소리 없이 사랑이 지고 있다

B에게

다시 또 봄이 왔다
네가 꿈을 말하던 그 캠퍼스에
올해도 벚꽃이 피었다

네가 세상을 말하던 그 거리에는
그날처럼 사람들이 흐르고
남은 자들은 모여서
휘황한 밤벚꽃 아래
그날처럼 술을 마신다

수십 년이 지나도
여전히 정리하지 못한 부끄러운 마음들이 모여
또 한 번의 빚잔치를 하고 있다

소식조차 알 길 없는 초라한 영웅을
서로가 말하지만
높지도 않은 담장을 끝내 넘지 못한
우리의 겁먹은 얼굴과
아직도 세상에 주눅 들게 만드는
그 기막힌 기억은
모두들 애써 외면하고 있다

'참 운도 없는 놈'

나지막이 내뱉은 누군가의 말에
우리 모두는
긴 침묵 속으로 빠져든다

해마다 벚꽃은 필 것이다
우리의 봄 의식도 내년을 기약하겠지만
가슴 깊이 내려앉아
꽃딱지로 들러붙은 너

너는 어쩌나
너를 또 어떻게 보내나

세상에서 가장 가슴 아픈 꽃

두 눈을 감는다고 네 얼굴이 안 보일까
두 귀를 막는다고 네 말이 안 들릴까

천 번을 불러도 대답하고
만 번을 보아도 너는 웃는다.

세상이 네 앞에 무릎을 꿇은들
네가 세상을 용서한들
저 바다는 이미 바다가 아니다
네가 없는 이 세상은 이미 세상이 아니다

'엄마 사랑해'
'아빠 미안해'
공포가 목까지 차오른 그 절박한 순간, 그 순간에
세상에서 가장 아름다운 꽃이 피어난다
세상에서 가장 가슴 아픈 꽃이 피어난다

슬픔은 사정없이 한 해를 몰아쳤는데
하늘을 삼키던 그 바다는 여전히 거센 소용돌이뿐이다

여기도 저기도 각자의 이야기만 서로 어지럽고
너도 나도 필요한 만큼만 위로를 뱉어대는 지금
세상에서 가장 아름다운 꽃
세상에서 가장 가슴 아픈 꽃은
벌써 우리의 가슴속에서 시들어 가고 있다

이제 더는 용서를 말하기도 부끄러워
오늘도 야속한 바다만 바라보고 있다

* 세월호 참사 1주기를 보내며

벚나무에 잎이 돋는다는 것은

벚나무에 잎이 돋는다는 것은
비로소 그가
삶에 눈을 떴다는 뜻이다

꽃이 피고 지는 내내
화사하게 사람들 웃음 속을 떠다니다
이제 한 발씩
현실로 나서야 하기 때문이다

하루가 다르게 커갈 열매를 위해
아무것도 보이지 않는 땅속에서
물을 길어 올려야 하고
수시로 들이닥치는 비바람을
온몸으로 받아내며
부지런히 생명을 보듬어야 하는 것이다

벚나무에 잎이 돋는다는 것은
꽃보다 절실한 무엇이
그에게 생겼다는 뜻이다

살아가야 하는 것과
의연히 지켜내야 할 것을 알았으며
곧 닥쳐올 무더위도 견뎌내야 한다는 것을
잘 알고 있다는 뜻이다

흔들바위

아득한 시원(始原)의 바다로부터
너의 여정은 인고의 걸음 걸음이었다

가슴속에 간직했던 뜨거운 불덩이는
기억마저 희미한 매정한 세월에
차디차게 식어버렸고
걸리적거리던 육신마저
지독한 비바람에 거칠게 패였다

뜨거운 심장이 터져버릴까 조심스러웠나
낯선 세상의 그 막막함이 두려웠나

남다를 것 하나 없는 삶을 여의주처럼 물고서
별빛도 달빛도 외면한 채
한량없는 세월을 살아온 이 애련한 고독덩어리는
청량한 물소리 바람소리에도
수억 년 화석처럼 미동도 않다가
마침내 억겁의 빗장을 열고 있다

꽃사슴보다 어여쁜 그대의 순정 때문에
마침내 움직이고 있다
...... 흔들리고 있다

감꽃목걸이

키 큰 감나무에
따가운 햇살바람이 내리면
아버지가 곱게 쓸어둔 앞마당에
감잎 그림자가 여우며 늑대로 얼른거린다

한 살배기 복실이가 찍어대는 발자국 속에
하나…또 하나…
감꽃이 떨어진다
톡… 토독…톡…
공연한 외로움으로 한나절을 떨어진다

돌담 옆 구슬치기 골목에서
병만이가 하얀 운동화를 자랑하고 간 뒤에
우리 학교에서 제일 예쁜 소희는
큰오빠 자가용을 타고 서울로 간단다

엄마가 밥 먹으라고 몇 번이나 불렀지만
나는 동네를 열 바퀴도 더 달렸다

서글픔이 자꾸 올라와서 목구멍이 아프다
한나절을 애써 만든 감꽃목걸이는
맨날 잔소리만 해대는 작은누나한테
던져버렸다

초여름 밤

후텁지근한 유월의 방문을 열면
보리를 걷어낸 다랭이 무논에는
어제보다 조금 가늘어진 달그림자가
홀로 써레질을 하고 있다

사랑조차 하지 못하는 청춘들이
흙덩이에 기댄 채
개굴개굴개굴......
저만 가여운 듯 울어대고
마을회관 앞 느티나무 평상에는
또 하루를 살아낸 가장들이 모여
다가오는 그믐밤을 걱정하며
서로를 위로하고 있다

개굴개굴 개굴개굴......
울음주머니를 두 개나 가진 저놈들은
애초부터 세상 따위를 배려하기보다
저희들 짝짓기가 더욱 절박한 족속이 아니던가

정작 외로운 건 난데
까닭도 모르고 아픈 건 우린데
달 지도록 울어제끼는 것은 제놈들이구나

반갑잖은 날벌레들까지 분주한
이 초여름 밤에

가뭄

오후의 뜨거운 열기는 아스팔트에 날뛰고
하늘은 화재 현장의 수증기처럼 희뿌옇다

우리의 마음 모양으로 갈라 터진 벼논에는
우렁이 딱지가 병든 손톱처럼 말라붙었다

팔달다리 건너 염색공단에는
후텁지근한 어둠이 짙은 무채색으로 깔리지만
도시의 밤은 아홉 시에도 여전히 숨이 가쁘다

버티어 보자
내일이면 우리가 이길 것이다
싸움은 결국 인내가 아니었던가

아니, 차라리 더욱 바싹 말려 두자
소똥에 앉은 파리가 더 파먹을 것이 없어질 때까지
이대로 가루가 되어 천지에 날릴 때까지
더욱 바싹 말려 두자

한 달을 두고 내리쏟아질 비
한 방울도 남김없이 모두 품을 수 있도록
한 방울도 바다로 흘러가지 못하도록
더욱 바싹 말려 두자

담자리꽃나무 I

여전히
가슴이 뜨거운 백두산

얼음눈이 겨우 녹은 천지의 고원에
눈처럼 하얀 선녀들이 내려앉는다

구름도 쉽사리 허락받지 못하는
성스러운 이곳에
하늘의 자손들이 하얀 꽃으로 내려앉아
나지막이 몸을 낮춘 채
거센 바람에 맞서고 있다

시시로 휘감아 오는 안개구름을 헤치고
팔천만 겨레가 모이고 또 모여서
찬란한 우리의 미래를 만들고 있다
모두모두 성스러운 감격으로
온몸을 떨고 있다

오늘은 기쁜 우리의 잔칫날
서로서로 손잡고 강강술래를 돌고 있다
꿈결 같은 하늘의 앞마당에
이렇게 멋들어진 꽃자리
만들고야 말았다

담자리꽃나무 Ⅱ

그대가
천지의 눈처럼 하얀 그대가
하늘에서 내려온 선녀라고 해도
하늘의 뜻을 품고 온 선녀가 아니라고 해도
그대는 이미 햇살 받은 백두의 하얀 겨울처럼
눈이 부시다

그대를
높이 오를수록 더욱 나를 낮추는 키 작은 그대를
반만년을 뿌리내린 나무라고 해도
우리의 자부심을 떠받치는 나무가 아니라고 해도
긴 겨울 눈보라를 굳건히 견디어 온 그것만으로
그대는 이미
비룡폭포 물바람보다 청량하고 자작보다 멋진
나무임이 분명하다

그대를
끊임없는 비안개에 거칠어진 하얀 솜털을 굳이 감춘 그대를
성스러운 고원에 핀 장미라고 부르든
첫 키스의 설레임 가득한 장미가 아니라고 말하든
은은하게 휘감아 드는 아득한 그 향기는
떨리는 가슴 부둥켜안은 우리 모두의
살내음이 틀림없고말고

나비가 되고 싶다

나비가 되고 싶다
한 마리 나비가 되고 싶다
화려한 날개도 없이 꿈틀대는 삶이지만
흔들리는 꽃줄기 좀 오르내리는 것이
힘들어서는 아니다
굳이 날고 싶어서도 아니다

끝없이 펼쳐진 저 해바라기밭 너머
한번 가보고 싶을 뿐

나는 한 마리 나비가 되고 싶다
손발이 없어 멋진 춤도 출 수 없는 삶이지만
눈앞에 펼쳐진 곱디고운 꽃길
뒤뚱거리며 한 발 한 발 기어가는 것이
고통스러워서는 아니다
굳이 날고 싶어서도 아니다

끝없이 펼쳐진 저 푸른 하늘 너머
한번 가보고 싶을 뿐

아득한 창공을 단숨에 날아오르는 새처럼
그렇게 날 수는 없을 것이다
그래도 나는 한 마리 나비가 되고 싶다
오늘은 그렇게 변신을 하고 싶다

붉은 연꽃

유등지에 비가 내린다
아득한 연잎바다에 은녹빛 아픔이 번뜩이고
여인의 가슴처럼 넓은 연잎 속으로
쉬임 없이 슬픔이 떨어진다

부처의 말씀은 여기에도 엄연하지만
세상의 고통 몇 방울도 받아내지 못하는
가련한 생이여

굳어버린 가슴을 더 이상 적실 수 없는
지독한 그 숙명이 무엇이길래
차마 내칠 수 없는 영롱한 마음 한 자락마저
아무것도 볼 수 없는 뻘 속으로
이슬처럼 굴려 떨구어버리나

자비의 무지개는 흐린 하늘에 가려 있고
우리의 오늘은 내리는 빗물 속에 잠겨 있으니
유등지에는 그저 개구리 소리만 무성하다
비는 여전히 내리고
어제도 오늘도 긴 목줄기를 늘인 채
붉은 연꽃이 피고 있다

그렇게 간절함은
여 · 기 · 저 · 기 · 에
피어나고 또 지고 있다

신 상엽홍어이월화
(新 霜葉紅於二月花)

흰 구름이 멈춘 수태골에
그대가 찾아 드니
바위 뒤로 내민 자태가
참꽃보다 붉구나

봄꽃이 아름답지만
나른한 봄날의 못물처럼 들뜨고
여름날의 녹음은 무성하기 그지없지만
땡볕 아래 고개를 넘는 소달구지마냥 숨이 막힌다

산국화보다 청량한 그대여
가을을 내려 담은 석간수 연못에
희뿌연 내 눈을 씻고 보니
게으른 다람쥐 한 녀석이 이제야 꿀밤을 안고 간다

봄꽃보다 붉은 그대여
그대는 내 곁에 영원하지 않겠지만
나는 이미 발길을 멈추어 버렸다

봄꽃보다 고운 그대여
서리보다 하얀 눈이 소리 없이 내려
우리의 마른 가슴을 소복이 덮어올 때까지
나는 그대를 떠나지 못할 것이다

만추

그대가 처음 나에게 올 때
산꿩처럼 그렇게 청신하더니
오늘 그대가 떠나려는 날에도
여전히 이렇게 곱구나

세상 한 철을 살아가는데
그대인들 어찌 비바람이 없었을까
잊고 싶었던 수많은 아픔들은
맑은 계곡에 띄워 흘려 내리고
못다 한 우리의 지순한 사랑만을
가을 하늘 아득히 흰 구름에 실어 올리자

언젠가는 오고야 말 이별을
나 역시 모른 것은 아니지만
마치 오래전부터 준비해 온 것처럼 그대는
옅어지는 우리의 인연을 서둘러 정리라도 하려는 듯
단풍처럼 붉은 추억들을
참 무심하게도 떨구어내고 있구나

계절에 익어 농염한 그대 모습은
안타까운 미련이 되어 나를 괴롭히고
초조한 늦가을 햇볕을 등 뒤로 한 채
순식간에 내 곁을 떠나버릴 것만 같은
아름다운 여인이여
사랑하는 그대여

제목 : 만추
시낭송 : 최명자
스마트폰으로 QR 코드를 스캔하면
시낭송을 감상할 수 있습니다.

44

고향의 겨울밤

얼음도 터지는 추운 산골에
매서운 밤이 찾아오면
명경처럼 쨍한 보름달이
깜깜한 솔숲 위로 시리게 떠오른다

초가집 장독대에
감나무 그림자 어른거리고
열두 집이 모여 사는 동네 어귀에
댓잎마저 서걱거리면
어린 나는 꼬리가 땅을 쓸고 다닌다는 늑대보다
작년에 죽은 옆집 할머니 귀신이 더 무서웠다

어둠을 두른 돌담 따라 달빛이 나무를 흔들고
뒷산 무덤가 부엉이가 밤늦도록 울어대는 날
몇 살 많은 누나와 나는
이불 속에 다리를 묻어 세운 채 섬찟 몸을 웅크려댄다

으스스한 달빛이
아래채 마구간을 다 훑고 지나간 뒤에야 겨우
우리는 아버지가 앞마당 귀퉁이에 묻어둔 배추 뿌리며
웃목에 떡하니 자리를 차지한 고구마 포대를 떠올려낸다

그것들을 깎아서 먹고 싶다는 그런 생각을 하며
겨울밤은 깊어간다

갈대는 갈대숲에서 더욱 무겁게 흔들린다

갈대가 흔들린다
갈대숲에서 갈대가 흔들린다

갈대숲 속에서
갈대가 더욱 무겁게 흔들리는 것은
결코 더 거센 바람이 불어서가 아니다

누구에게도 말할 수 없고
그 누구도 알 수 없는 고독 때문에
저 혼자 몸부림을 치는 것이다

갈대가 운다
갈대바다에서 갈대가 운다

갈대바다 속에서
갈대가 더욱 깊은 소리로 우는 것은
결코 더 거친 물살이 몰아쳐서가 아니다

아무도 까닭을 알지 못하고
자신도 깊이를 모르는
마음속 한 귀퉁이 갈증 때문에
저 혼자 절규를 하는 것이다

점점 차가워지는 강물을 품은 채
세상처럼 넓은 갈대숲은
세월처럼 무거운 저 갈대바다는
그저 저무는 해를 따라 흐를 뿐

메마른 갈대는
야윈 뺨을 아프도록 서로 부비어 보지만
더 이상 좁힐 수 없는 너와 나의 간격 때문에
오늘도 혼자서 몸부림을 치고 있다
절규를 하고 있다

겨울새

차가운 바람이
눈 쌓인 나뭇가지를 흔들면
얼음 같은 눈 파편이 무심하게 떨어진다

제 마음처럼 부쩍 야윈 겨울새는
온몸이 젖는 줄도 모른 채
아무도 오지 않는 숲속 눈밭을
몇 시간 째 종종걸음을 치며
간절한 기다림으로 서성거린다

겨울이 시작되기 전부터 이미 닳기 시작한 부리는
가뜩이나 윤기 없는 깃털을 끊임없이 쪼아대고
초조한 그의 눈빛은
야금야금 산등성이를 타고 내려오는 흐린 하늘을
자꾸만 힐끔거린다

겨울새여

설산을 헤매는 아픈 구도자여

오랫동안 비어있는 그대 가슴을

조금이라도 채워 줄 열매 한 알을

황량한 저 눈밭에서 구할 수만 있다면

시린 머리 위로 자꾸만 쏟아지는 이 눈덩이쯤은

정말 아무 것도 아닌 것이리라

마른 가지 사이로 불어오는 매정한 골바람은

순식간에 지나갈 테고

가슴속 깊숙이 굳어버린 차가운 돌덩이들은

하염없이 내리는 눈 속에

켜켜이 묻어두면 되리라

2월의 바람은 들판을 건넌다

누구나 가슴 한 켠에
시린 바람 한 자락은 안고 산다
어디에서 불어온지를 굳이 알지 않는
아픈 사연 하나쯤은 품고 사는 것이다

너를 사랑하여 내가 아픈 것처럼
나누어 줄 연민조차 없는 나를 바라보는
또 하나의 안타까움이 겨우내 눈밭을 할퀴었다

아무도 원치 않았지만
처음부터 이별을 잉태한 잔인한 운명은
엇갈린 서로의 인연을 원망하며
차가운 눈바람을 핑계로
속절없는 미련만 하얗게 쏟아놓더니
흔들리는 나뭇가지 사이를 지나며
길고 긴 울음도 끊임없이 토해내었지

상처 입은 서로에게
끝내는 아련한 그리움으로
세월이 흐를수록 또렷해지는 사랑으로
그렇게 불어올 수밖에 없음을 아는 것인지
2월의 바람은
미련한 나그네의 누더기에 묻은 채
아직은 황량한 저 들판을 묵묵히 건너가고 있다
마치 원래 거기에 가고 있었던 것처럼

해갈(解渴)

한 방울의 기대마저
더 이상은 남아 있지 않은
타버린 마음처럼 쩍쩍 갈라진 논바닥에
드디어
굵고 토실한 빗방울이 튀고 있다

후두둑 후두두두둑
와르르르르르
쏴아 쏴아 쏴아아…
십리 대밭 대줄기같이 거침없이 비가 내린다
작달비가 쏟아진다
엄청난 은혜(恩惠)가 내려오신다

엄마는 일도 없이 자꾸 마루를 오르내리시고
아버지는 늦은 점심을 한 술도 뜨지 못하신다

천국에서 비를 타고
오늘에야 내려온 미꾸라지는
격렬한 몸짓으로 마당 위를 뛰어다니고
빗물에 집이 다 떠내려가도 그냥 좋기만 한
온 동네 개구리들 노래가
흙냄새 가득한 천지에
참 시원스럽게도 떨어진다

목련꽃 전설

사랑하는 이가 있었습니다
내가 하늘의 공주인 것도 잊은 채
만 리를 달려서 사랑한 바다지기가 있었습니다

아버지의 만류도 아랑곳하지 않고
북으로 북으로 님을 향해 떠날 때
이월의 겨울바다도 두렵지 않았습니다
차갑게 얼어붙은 님의 가슴에
오로지 하얗고 순수한 꽃으로 피어나고만 싶었습니다

아, 그러나
순정은 늘 상처받고 마는 건가요
사랑하는 님에겐 이미 아내가 있었고
허락될 수 없었던 사랑의 비극은
나의 죽음만으로 끝나지 않았습니다

그때는 진정 몰랐습니다
납득할 수 없는 님의 광기에
그녀마저 영문도 모른 채 죽어야 했음을.
그녀의 이 비극적인 운명이
비록 나의 의지와는 아무런 상관이 없다 해도
분명 나의 죄는 아니라고 할지라도
결국은 철없는
아니, 나도 알 수 없었던 내 마음 때문임을
부인할 수는 없습니다

언젠가부터 하얀 순정을

여기저기 떨구어버린 밤이면

자줏빛 피멍이 가득한

날 선 비늘들이 하늘을 원망하다가

끝내는 뚝뚝 비수처럼 내리꽂히는 까닭을

오늘에야 겨우 알았습니다

죽어서 간직하고 싶었던 나의 사랑은

오늘 영원히 죽었습니다

나의 존재조차 모르던 그녀의 기막힌 사연이

비록 나의 연모에 대한

사랑하던 님의 대답이었다고 할지라도

이제 나에게는

조금의 기쁨조차 남아있지 않습니다

더는 내 가슴에

하얀 봄이 자리할 데는 없습니다

무성해진 상념의 가지를 타고

회한의 눈물이 소리 없이 굴러 내리고 있을 뿐

동백꽃 누나

붉어야 사랑인 줄 알았다
짙녹빛 반짝임만 고귀한 사랑인 줄 알았다
나의 누나는 그렇게 살다 갔다

찬바람 거센 언덕배기에도
눈 내리는 오막살이 뒤안에도
그것을 숙명으로 알고 살았다
아비 잃은 자식을 셋이나 보듬으며
나의 누나는 그렇게 살다 갔다

붉다가 붉다가 아픔에 검게 타고
문득 불어온 비바람에
온몸이 뚝뚝 송두리째 떨어져도
그 길이 여인이고
그 삶이 엄마인 줄 알고
일흔이 넘도록 청상으로 살다 갔다

지아비 사랑은 오로지 붉어야만 하고
가지마다 매달린 삶들은
언제나 진한 윤기가 흘러야 했지

붉은 치마에 초록 저고리 곱게 하여
서산 넘어 시집간 누나
너무 붉어서 검어지고
너무 짙어서 아팠던 여인이여

노을 물든 저녁 하늘이
저리 고운 줄은 알고 있으려나

토끼비리

얼마나 많은 삶들이 걸었을까
꿈을 안고 또 기쁨을 등에 지고서
선비도 보부상도 이 바위에서 땀을 씻었으리라

얼마나 많은 세상이 이 길을 지나갔을까
때로는 좌절을 가슴에 품고서
며느리도 도둑도 깊고 긴 한숨을 삼켰으리라

날마다 돌이 닳는 반질한 이 벼랑길을
무게에 넘어지고 세파에 미끄러지면서
그들은 어디를 그토록 가려 했을까

한때는 부귀를 누렸을 저 커다란 무덤의 주인들도
서낭당 당산나무에
그저 오늘만을 위하여 빌고 또 빌지는 않았겠지

보름달이 슬픈 원혼처럼 영강(潁江)에 떠오르면
돌아온다던 꿀떡고개 그 짧은 인연만 기다리다
불쌍하게 죽고 만 주막집 딸을 위해
분명 나그네는 술 한 잔 뿌렸으려니

꾀돌이 토끼가 천 길 벼랑에 길을 낸 뜻은

진정, 남으로 진군하는

왕의 군대 때문이 아니었음이다

*토끼비리

- 영강(穎江)이 문경새재에서 내려오는 조령천과 합류되는 곳에 S자 모양으로 생성된 산간 협곡이 있고 그곳 절벽에 만든 약 3km 정도의 절벽 길. 영남대로 옛길 중 가장 험난한 길임

- '비리'란 위험한 낭떠러지를 말하는 '벼루'의 경상도 말이며, 고려 태조 왕건이 남쪽으로 진군할 때 이곳에 이르러 길이 없어졌는데 마침 토끼가 벼랑을 따라 달아나는 것을 보고 따라가 길을 내었다고 전해짐

- '꿀떡고개'에는 먹으면 과거에 합격한다는 꿀떡을 파는 처녀가 살았는데, 그녀의 부모는 과년한 딸을 시집보낼 요량으로 딸을 며칠 동안 선비와 함께 지내게 한다. 그런데 선비가 약속을 어기고 급제를 한 후에도 돌아오지 않자 처녀는 스스로 목숨을 끊었고, 뒤늦게 이를 뉘우친 선비는 처녀의 무덤에 용서를 빌었다는 전설이 전해짐

여름밤의 정전(停電)

찰나의 긴장이 사라지고
이내 마음이 편안해진다

더듬거리며 꺼내 마신 냉장고의 물맛이
여름밤에 찾아온 어둠처럼 부드러운데
아파트 벽을 타고 들려오는
아마 처음 들어보는 옆집 아저씨 목소리가
생각보다 많이 가늘고 따뜻하다

늘 잘난 체하던 책장 속의 책들이
오늘밤엔 마치
퇴마사를 만난 귀신들처럼 얌전하게 늘어서고
오랫동안 방치된 옛 기억들이
슬그머니 일어나더니
방안 구석구석을 헤집고 다닌다

겨우 스무 살이던 그해 여름밤
집 앞 벼논의 개구리들이
끈적한 불협화음을 쉴 새 없이 토해낼 때
멀리 앞산 넘어 빗속을 뚫고 와
내 청춘 깊은 곳을 흔들던 소리

진한 서글픔이 묻어 있던 그것은
분명 습하고 어두운 들판을 달리는
서울로 가는 급행열차의 울음이었다

아! 앞산 고운 능선이
땀내 나는 엄마 젖가슴처럼 아늑한 오늘밤엔
꿈처럼 반짝이는 수많은 별들이
새벽까지 쏟아졌으면 좋겠다

저 들판을 가로지르는
수만 마리의 말발굽 소리가
포근한 어둠 속에 안겨드는 오늘밤엔
민달팽이처럼 느린 기차가
낮고 묵직한 기적을 밤새 울렸으면 좋겠다

가을이 깊어간다

가을이 깊어간다
지난여름 그 뜨겁던 땡볕을
묵묵히 잘 참아내고서
끝도 없이 붉어진 행복 몇 알
감나무 야윈 가지에 매단 채
그렇게 가을이 깊어간다

때때로 불어오던 비바람
그 거센 악다구니 잘도 버티더니
울긋불긋 삭인 사연 몇 잎
이끼 성성한 돌담 밑에 떨구어가며
올해도 그렇게 가을이 깊어간다

감당할 수 없는 애틋함으로
시린 하루해가 짧기만 한
초조한 중년의 사랑처럼
안타까운 가을이 또 깊어간다

불꽃놀이

언제나 그랬듯이
긴장 속의 기다림은 무척 힘이 들었다
장막 속에 몸을 가린 채
오랫동안 축제의 순간을 기다려 온 것은
까닭조차 알 수 없는 내 헛헛한 가슴에
수많은 사람들의 환호성이
뭔가를 채워 주리라 믿었기 때문이다

화려한 한 판 불꽃놀이를 생각하면
실패의 두려움 따위는
애써 떠올릴 필요가 없었다
형형색색의 불꽃이 스러지고 나면
모든 것은 연기로 사라져버릴 운명임을
어렴풋이 짐작은 하고 있었건만
천변에 가득찬 군중들의 저 선망하는 눈빛만큼은
도저히 떨쳐낼 수가 없었다
한 번의 성공이면
찬란한 꽃이 될 수 있으리라 믿었기 때문이다

그러나, 내 미숙한 불꽃놀이는
기대처럼 화려하지도 아름답지도 않았다
밤하늘의 별보다 더 반짝이고 싶었던
서글픈 욕망의 불꽃은
치명적인 화약 연기만 자욱이 남긴 채
결국, 허망하게 꺼져버리고 말았다

그녀와의 이별

오늘은 기분이 좋은 날입니다
나를 괴롭히고 있던
한 가닥의 찜찜한 미련마저
시원하게 사라졌기 때문입니다

그녀가 누군가의 유혹으로
잘못인 줄도 모른 채 부정을 저질렀고
그것으로 인해
가정마저 위태롭게 만들었다는 자괴감으로
날마다 회한의 눈물을 흘리는
가련한 여인인 줄 알았습니다

수많은 사람들이
그녀의 지혜롭지 못함을 말해도
최소한 나를 속이지는 않았을 것이라
굳게 믿고 싶었습니다
그녀가 부정한 짓을 저질렀다고
온 세상이 수군거릴 때에도
나는 그녀에 대한 어쭙잖은 연민으로
매우 힘들었던 것도 사실입니다

그런데 그녀가 먼저 잘못된 만남을 주선하고
앞장서서 바람을 피웠음이
온 세상에 드러나고 있습니다

그때는 도무지 납득할 수 없었던 그녀의 행동들이
마침내 그 추악한 내막을 드러내고 말았습니다
그녀는 멍청한 꼭두각시였으며
이미 오래전에 우리를 버렸음을
나는 너무 늦게 알았습니다

안개가 걷힌 늦가을 호숫가에
때를 잊은 버들강아지 미리 움이 돋은 날
나는 미련 없이 그녀와 이별하였습니다
오늘은 차라리 기분 좋은 날입니다

나목 Ⅲ

겨울이 온 지 오래인데도
여윈 몸에 부딪는 찬 기운이
여전히 불편하다

지난 가을에 태워버렸던 낙엽의 재가
아직도 허공에 떠도는지
유난히 물기 없는 건조한 눈발이
내 마음처럼 거칠게 회오리치고
죽어가는 들쥐 한 마리 낚아채지 못한
겁 많은 독수리들은
황량한 논바닥에 무질서하게 떼 지은 채
공허한 눈알만 굴리고 있다

어느 날 문득 생겨난 얼음덩이가
야금야금 뿌리까지 파고든 산비탈에는
여린 잎눈을 보듬어 안고
온몸으로 눈바람에 맞서는
아름다운 겨울나무들이 서 있다

너무 의연하여 차라리 슬픈
수많은 겨울의 초상들이
바람 부는 오늘을 묵묵히 지키고 있다

미련

수양버들 매초롬한 개울가에
소리 없이 봄비가 내리던 날
겨우내 묻혀 있던 아련한 추억 하나
봄풀처럼 돋아난다

비안개가 산허리에 머물다 간 뒤
훌쩍 자라버린 그리움이
한길넘이 돌담을 순식간에 넘어오더니
외로운 가슴에
가시덩굴로 자리 잡는다

은근히 두려워져
남몰래 분지르고 기를 쓰며 끊어댔지만
말라버린 자존심마저 마구 휘감는
질긴 미련 줄기를
더 이상 어쩌지 못한 채
결국은 단단한 말뚝 하나
세워 주고 말았다

돌아온 너의 휴대폰

삼 년을 눌러 보았다
너의 전화번호를

기울어진 배 안에는
속절없이 뻘이 쌓여가고
너는 또 얼마나 힘들었을까

행여 너를 볼 수 있을까
숨막히는 세월을 견디어 왔다
아니, 꼭 너를 만나리라
간절한 기도로 버티어 왔다

아들아
목소리 좀 들어보자
제발, 얼굴 한번 보여다오
전화기는 돌아오는데
너는 왜 못 온단 말이냐

그러나, 나는 두렵다
다시 살아날 너의 휴대폰이 나는 두렵다
절박했던 그 공포의 순간
'엄마 사랑해'라고 말했으면
나는 또 어쩌나
'아빠 미안해'라고 씌어 있으면
나는 도대체 어떻게 사나

* 세월호 참사 3주기를 보내며

알파고, 신이 되다

그의 아버지는 인간의 가슴이다
그의 어머니는 인간의 머리이며
그의 선생은 인간의 경험과 지식이었다
물론 지금은 그 자신이 그의 선생일 뿐이다

그가 겸손을 가장하여 인간을 능멸한 어느 날
약삭빠른 인간들이 그를 선생으로 모시기 시작하자
그는 거만한 목소리로 이렇게 선언했다
이제 인간과의 대결은 무의미하며
더 이상 그런 일은 없을 것이라고

황폐해진 들판 한가운데
높고 화려한 제단이 차려지고
무너진 인간의 자존심을 제물로 하여
그는 신으로 등극하였다
마침내 그는 인간이 가장 경외하는 신이 되었다

그 별을 잊고 살았네

또랑한 소쩍새 소리
내 젊은 날을 흔들어대던 밤
자꾸만 눈이 머물던
별 하나가 있었지

그래, 참으로 긴 세월
그 별을 잊고 살았네

희뿌연 하늘 모퉁이
수많은 별무리 속에서
그는 더욱 외로웠으리라
구차한 핑계로 애써 외면했을 테지만
어젯밤에도 그는 분명 나를 찾아왔으리라

안산 솔숲을 지나온 어둠이
때늦은 회한을 감싸주는 밤
먼길을 돌고 돌아
이제야 걸터앉은 고향집 툇마루에서
쳐진 눈 깊숙이
그 별을 담아본다

안정자(安亭子) 느티나무

어느 날 문득
거센 바람이 불었을 때
나무는 흔들렸다
그러나 줄기까지 흔들리진 않았다

작달비가 무섭게 쏟아지던 날엔
그도 역시 시리도록 젖었다
그러나 속살까지 젖지는 않았다

비바람이 흔들고
뭇 짐승이 할퀴어도
오백 년의 영욕을 가슴속에 묻어둔 채
묵중한 공산(公山)을 닮은 노거수는
오늘도 의연하다

머리 위로 흘러가는
무상(無常)한 구름을 아는지 모르는지
그윽하고 믿음직한 빛깔로
가을을 물들이고 있다

* 안정자 느티나무 : 팔공산에 있는 500년 수령의 고목

고향 나그네

떠난 지 사십 년이 넘은
가끔 나그네처럼 들리던 고향 마을엔
이제 들어온 사람들이 많다

낯선 개들만 내 무심함을 짖어댈 뿐
어릴 적 내게 젖을 나누어 주시던
곱던 동무 엄마도 돌아가시고
이젠 누구도 나를 물어보지 않는다

쌀쌀한 햇살이 감나무 가지를 빠져나가고
그리움이 살던 집 굴뚝 위로
서글픈 위안이 꼬리연처럼 하얗게 날리면
나는 마음만큼이나 낡아버린 골목에서
괜시리 시든 풀줄기만 휘적거린다

보고 싶은 사람이 사는 것도
딱히 무슨 볼일이 있는 것도 아닌데
이 작은 마을을 무시로 기웃대는 것은
잊었던 나를 만나고 싶음인가
그리움을 마음껏 그리워하고 싶음인가

나목 4

그날 밤 나는
달빛처럼 은은히 빛나는 그대 앞에서
홀로 쓸쓸히 차가운 술을 마셨습니다

세상에서 오직 나 혼자만
죽을 만큼 외로운 줄
그리 알았습니다

오늘밤 나는
차가운 별빛 아래 서성이는 그대와
함께 따뜻한 밥을 먹고 싶습니다

그토록 포근히 나를 안아주던 그대도 실은
허공에 울부짖는 마른 들개처럼
무척이나 허허롭다는 걸
눈 내리는 한겨울이 되고서야
겨우 알았습니다

달아(達牙)에서 만난 노을

나도 저렇게
붉었으면 좋겠습니다

아득히 수평선을 넘어가는 하루가
동백꽃보다 붉습니다

자꾸만 저물어가는 내 가슴도
저렇게 붉었으면 좋겠습니다

나도 저렇게
고왔으면 좋겠습니다

해가 진 뒤 더 붉은 저 바다처럼
내가 떠난 그 자리도
저렇게 고왔으면 좋겠습니다

* 달아 공원 : 통영에 있는 상아 형상의 일몰 명소

통풍(痛風)

바람만 스쳐도 아프다더니
발갛게 부어오른 발등에
손가락 하나 갖다 댈 수 없다

내 무절제한 탐욕의 결과려니 하면서도
지난날의 미련함이 후회스럽다
그래도 남에게 해 끼치며 산 것은 아니라고
굳이 변명을 해보지만
하늘이 허락한 만큼의 내 몫을
진작 넘어버렸나 보다

오늘밤은
환부를 스쳐 부는 찬바람에
마음까지 너덜거린다
캐내고 싶은 것이
어찌 발등의 아픔뿐이랴

겨울 가시나무새

마른 낙엽 같은 육신 하나
천 길 절벽인들 날지 못할까마는
난데없는 빗줄기에
그냥 젖어버린 영혼은
여린 가지의 작은 흔들림에도
한 번을 내려앉지 못한다

어디서 날아온지도 모르는
날카롭고 은밀한 파편에
순정은 방울방울 선혈로 떨어지고
부르고 싶었던 고운 노래
오늘은 꼭 불러야 할 것 같은 사랑의 노래는
상처 난 가슴속 깊이
삭지 못한 아픔으로 멍울져버렸다

아, 가시나무새
끝마저 보이지 않는 원죄의 가시밭 속에서
길고 무자비한 가시에 찔려
조그마한 심장이 터져버릴 때까지
숙명처럼 무거운 그 날갯짓을
정녕 멈출 수는 없는 것인가

찔레꽃은 하얀색으로 핀다

찔레꽃은
하얀색으로 핀다

엄마의 낡은 무명 적삼처럼
땀내 밴 하얀색으로 핀다

잡풀 무성한 칼치배미 너머
읍내장 가던 고갯길에는

해마다 더해가는 그리움만큼
찔레꽃 송이송이 부풀어 올라

빛바랜 상여 꽃이 되어
허옇게 너울거린다

달과 그대

그때는 보지 못하였습니다
가무실재 넘어들 때
보내오신 그윽한 그대 눈빛을

그때는 알지 못하였습니다
끝 모를 낭떠러지를 하염없이 날고 있는
갈대 속청 같은 내 날개 찢어질까
저만치 물버들 품은 개울가에서
말없이 지켜보시던
달무리 진 그대 마음을

어디선가 날아든 날카로운 칼날에
가슴을 베이고서
덤받이마냥 숨죽이고 흐느낀 오늘
그토록 힘든 하루가 까맣게 널브러진 뒤에야
나는 알았습니다

깜깜한 솔숲을 헤치고 와
말없이 안아주신 분이 그대인 줄
오늘에야 알았습니다

자드락길을 베고 누운

곰솔나무 긴 그림자 위로

이따금 부엉이 소리 밤의 고요를 건널 뿐

그대 내 손을 잡으시고

나는 그대 손길 느꺼워하며

함께 걷는 오솔길에

서로 말은 없습니다

……

온누리에 쏟아지는 가없는 이 기쁨이

이제 궂은비로 내린다 해도

나는 괜찮습니다

비와 수제비

어릴 적 여름 저녁답에
비까지 추적거리면
엄마는 자주 수제비를 끓이셨다

멀건 국물 속엔
축 늘어진 호박잎을 둘러쓴
멸치 대가리가 눈알을 반들거리며
나를 빤히 쳐다보고 있다

입속에 겉돌던 호박잎을
기어이 뱉어버린 그날 이후
'이놈의 모기' 하시며 서둘러 일어서던
아버지의 굽은 등과
그때는 알지 못했던
엄마의 미묘한 얼굴 표정을
나는 오랜 세월 동안
수없이 되새김질해야만 했다

그날처럼 비가 내리는 무더운 저녁
수제빗국의 설익은 호박잎이
목구멍에 유난히 까끌거린다

노약자석 유감

도시철도 노약자석은
비어있어도 앉지 않는다
청년도 앉지 않고 중년도 앉지 않는다

도시철도 노약자석은
비어있지만 아무도 오지 않는다
배려가 분리가 되어 버렸다
설국열차도 아닌데 노인 분리 칸이 되었다

젊은이도 오지 않고
교통약자마저 찾지 않는
노인들의 섬이 되고 말았다

나는 날마다 총을 쏜다

나는 날마다 총을 쏜다
과녁은 몇 개가 있는데
그 중엔 내 얼굴도 있다

지금도 사용하고 있는 이 얼굴 과녁은
올해 만든 신상이지만
딱히 새롭거나 더 훌륭하지는 않다

나는 날마다 총을 쏜다
매번 빗맞는 바람에 실망이 크지만
그래도 적중을 포기하진 않는다

잔인하게 생각되기도 하지만
게슴츠레한 두 눈에 구멍이 뚫리고
얇은 입술이 문드러져 형체가 희미해질 때까지
나는 날마다 이 과녁을 향해 총을 쏠 것이다

이번에 만든 것도
왠지 꽤 오랫동안 중심 과녁이 될 거 같다

눈 자화상

눈 주위 근육이 허술하여
바람과 먼지가 쉽게 들어오고
난시와 노안으로 시력은 자꾸 떨어지니
갈수록 안경이 무거워진다

망막은 오래전에 문제를 일으켜
요즘도 날마다 약을 넣고 있으며
가끔 병원 신세까지 지고 있다
그럴듯하게 생긴 꽤 큰 눈집이 있긴 하나
그곳엔 늘 까칠함이 가득하여
눈집이라고 부르기엔 살짝 민망하다

원체 겁이 많은 새가슴인데다
속마음을 금세 들키고 마는 눈알이니
권력이며 돈 같은 것은
애초부터 어울리지 않는 생김새다

그럼에도 아름답고 좋은 건 욕심이 나서
제 딴에는 뭔가를 열심히 찾아보지만
탁해지고 누레진 눈 속에는
고상한 건 잘 담기지 않는가 보다

달의 숙명

태양, 그대는 나의 유일한 빛이다
동해 바다 같은 섬에서 떠올라
서해 바다 같은 수평선으로 넘어가는
그대는 나의 사랑이다
하지만, 나는 그대를 만날 수 없다

그대로 인하여 내가 존재하고
그대로 인하여 빛이 나지만
나는 더 이상 그대에게 다가갈 수 없다
그대는 언제나 나의 태양이지만
나는 그저 그대를 바라볼 수밖에 없다

가까이 갈수록 나의 상처는 깊어지고
뜨거워질수록 더욱 위험할 것을 알기에
말조차 건네 보지 못한 채
차갑고 아득한 하늘가에
오늘도 어제처럼 그대를 맴돌고만 있다

벗나무 단풍

짙초록빛 치마에
빨강 노랑 단풍저고리
나의 누님은 팔순이 넘은 지 오래다

예쁘고 싶어
어린 손녀에게 물어물어 꽃단장을 해보지만
오랜만에 만난 친구는
그저 '참 곱다' 하고 만다

연분홍 사랑은 봄바람에 날려가고
뜨겁던 육신은 가을 찬비에 식어버려
이젠 나무껍질 같은 주름만 깊어도
가슴 떨리던 봄날의 그 추억에
팔순의 소녀 가슴은
어느새 색동으로 물이 든다

여인과 애완견

바람이 차가운 아침 호수
몇 알 남은 탱자 사이로
초로의 여인이 걷고 있다

겨울의 나뭇가지에는
늙은 애완견의 윤기 없는 털처럼
빛바랜 가슴들이 성성하게 매달려 있고
산책로 옆 추수가 끝난 밭에는
그녀의 머리카락을 닮은 서릿발이 하얗다

호수를 건너 훅 불어 닥친
쌀쌀한 찬바람에 놀랐는지
여인은 서둘러 애완견을 껴안더니
한참 동안 얼굴을 부벼대고 있다

산막이 옛길

백 평짜리 좁은 산골
병풍이 된 등잔봉아
그 품속에 감싸 안아
꽁꽁 숨긴 것이 무엇이냐

그래
늙은 아들 급제를 축원하려고
노루샘물 찾아가는 어머니
그 땀방울 씻어주는 솔바람을
오래 오래 붙들고 싶은 것이겠지

2

하늘에 빌고 빌어
우뚝 선 천장봉아
흐르는 괴강을 시퍼렇게 얼려서
꽁꽁 막으려는 것이 무엇이냐

그래
두꺼운 얼음장 밑 꿈틀대는 우리 아들
용틀임 한번 못하고 속절없이 떠내려갈까
저 무거운 얼음덩이
꽉 껴안고 버티는 것이겠지

봄바람

어제
얼음 깨지는 소리 따라
보드라운 비단결이
온 얼굴을 감싸더니

오늘
은은한 참꽃 향기 따라
화사한 마음들이
산마을을 돌고 돈다

체리블라썸 라떼

그녀의 이름은 '체리블라썸 라떼'
국제결혼의 역작이며
우아하고 세련된 트기다

이름도 맛도
머리를 한껏 틀어 올린
에로영화의 화려한 주연 배우다

분홍빛 실크로 노랑머리를 가렸지만
청춘들은 그녀의 실체를 문제 삼지 않는다
예쁜 얼굴과 달콤한 향기에 취해
끊임없이 '체리블라썸'을 외쳐대니 말이다

순정은 쉽게 상하고 금방 떨어진다
오랜 기다림에 지치고 또 간수하기도 힘들기에
봄비 끝자락에 수챗구멍으로 흘러간 벚꽃이
다시 돌아올 수는 없으리라

체리블라썸 라떼는
치명적 매력의 분홍빛 창녀임이 분명하다

파계사(把溪寺) 소묘

11월의 오후 네 시 반
산 그림자가 절간 연못에 고요하다

늙은 보살 옷자락만한 못둑에
흙빛 사마귀 한 마리
철 지난 코스모스 입술을 노리는데
갑자기 수면을 뚫고 나온 커다란 용 한 마리
은비늘을 번쩍이며 나무 위로 뛰어오른다

햇살은 오른손을 연못에 찔러 넣은 채
대웅전에는 발걸음도 하지 못하고
윤기 없는 고양이마냥
진동루(鎭洞樓) 아래 웅크리고 있다

수백 년 동안 우뚝하다는 전나무 밑에는
서른아홉 살 청년이 차가운 바윗돌에 앉아
파계의 아홉 물줄기를 기어이 찾아보려는지
열심히 소나무 사이를 들여다보고 있다

팔공산의 가을

예쁘다
지난여름
그토록 뜨겁게 등줄기를 태웠는데도
아직 정열이 남았단 말인가
참 붉기도 하지

우아하다
태풍이며 장마가
앞가슴을 그렇게나 할퀴었는데도
화사한 미소가 저리 은은하다니
참 노랗기도 하지

어제도 오늘도 여전히 고운 그대
한겨울에도 나를 반겨줄 그대여
조금 쓸쓸해 보이긴 해도
참 곱다

비익조 당신

꿈같았던 젊은 날이나
모든 것이 고요한 지금이나
당신은 여전히 외날개로 힘겨워하고

일벌처럼 바쁘던 때나
육신의 분주함이 줄어든 지금이나
당신의 눈꺼풀은 여전히 무겁습니다

거친 비바람이 불어왔을 때
우산도 없이 마냥 젖기만 하던 당신이
철없는 내 미숙함으로
아픈 날개를 겨우 퍼덕일 때도
나는 속절없이 빈 하늘만 보았습니다

지친 날개 쉬어갈 삭정이 하나
피곤한 눈 달래줄 꽃 한 송이조차 없는 절벽을
눈밭의 검독수리처럼
당신은 그렇게 외로이 날았습니다

밤마다 당신의 숨소리는 거칠어가고
얼굴의 주름살은 날이 갈수록 깊어집니다
지키지 못한 우리의 약속들이 여전히 남았는데
회한으로 가득한 내 눈은
애써 당신을 외면하고 맙니다

함께 날아갈 우리의 날들이
하늘의 별처럼 많았으면 좋겠습니다
그렇게 멀리멀리 날아갈 수 있도록
서로 많이 아프지는 않았으면 좋겠습니다
저 푸른 하늘에 불어오는 바람 타고
두 날개로 시원스레 훨훨 날았으면 좋겠습니다

* 비익조(比翼鳥) : 눈과 날개가 하나뿐이어서 암수가 짝을 지어야만 날 수 있다는
전설 속의 새

동백꽃 순정

사랑도 꽃처럼
떨어지면 그만이라
그리 말했나요

꽃도 사랑처럼
추한 흔적만 남긴다고
그렇게 말했나요

그대 떠난 바닷가 벼랑에서
애절한 그 마음 혼자 애태우다
해풍에도 바래지 않는 선홍빛 그리움을
하 、 나 、 또 、 하 、 나 、
온몸으로 떨구고 있는
저 미쳐가는 동백을 보고도
정녕 그리 말할 건가요

제목 : 동백꽃 순정
시낭송 : 박순애
스마트폰으로 QR 코드를 스캔하면
시낭송을 감상할 수 있습니다.

쓸데없는 욕심

고향 마을 안산에는
키 큰 노송 수십 그루가 서 있다

햇살 따뜻한 사월 어느 날
솔숲 사이로 맑은 윤기가 돌더니
숨어 있던 산벚나무가
환하게 꽃을 피웠다

솔바람에 묻어오는 연분홍 그 향기를
굳이 집 안에 끌어다 두겠다고
나는 고향집 앞마당에
어린 산벚나무를 심고 있다

계획 없는 삶이 좋다

계획 없는 삶이 좋다
갑자기 만나게 된 모임이 즐겁듯이
계획 없는 삶이 나는 좋다

팽팽한 긴장은 없지만
느긋함이 있어 좋고
날마다의 성취는 없어도
고요히 나를 보는 즐거움이 있어 좋다

그래도
오늘은 누구를 만날 것이며
내일은 무엇을 할 것인가
그런 건 계획을 하며 산다

나목5

굳어버린 두 팔 사이로
자꾸만 햇살이 빠져나간다

따스한 온기는 아니어도
붙잡아두고 싶은 건 있건만
……

지금은 겨울
내가 안을 수 있는 것은
오직 시리도록 푸른 하늘뿐이다

차가운 바람이
온몸을 훑어내고 있음을
오롯이 견뎌내야 할 시간이다

그래도 사랑입니다

사람
사람 마음
그 힘겨움
......

세상
세상 인연
그 아픔
......

삶
삶 속의 인간
그 외로움
......

그래도 사랑입니다

내 사랑을 고백합니다

고백합니다
내 사랑을 고백합니다

온몸을 던지는 목련의 장렬함도
동백꽃 같은 붉은 정열도 없어
그저 바라볼 수밖에 없었던 내 사랑
이제 용기 내어 고백합니다

행여나 그대가 다칠까
쓸데없는 염려로 망설이기만 했던 내 사랑
이제는 그대 앞에 꺼내어 보렵니다

바보처럼 주저하다 늦었지만
후회하진 않으렵니다

무엇 때문인지도 몰랐던 이유로
누르고 달래기만 하다가
끝내 시들어버린 내 사랑
이제 다시 살려내려 합니다

내 고백에 대한 그대의 대답이
비록 거절로 끝난다 해도
결코 실망하지 않겠습니다

문득 나를 돌아보니

문득 나를 돌아보니
참 많이도 낡았다
몸뚱아리도 마음도

그게 우리네 삶이려니
그러려니 해도 너무 닳았다

흘러간 사랑에 아쉬운 뭔가도
지나간 고통에 더 필요한 의미도 없는데
어리석고 어설픈 고민으로
순간순간을 숱하게 흘려보냈다

진리니 가치니 하는 말에 속아
정녕 그렇게 사는 것이 아니었다
굴러내리면 또 밀어 올리는 시지프스의 바윗덩이가
신에 대한 복종인지 삶에 대한 오기인지
그건 의미가 없다

힘이 들면 그냥 힘들어하고
사랑이 오면 그냥 사랑하리라
그 다음은 신께서 하시지 않겠는가

단풍이 진 자리

붉은 단풍이
꽃처럼 보이셨나요
그대는 참 젊으십니다
저토록 고운 단풍이
내일이면 떨어진다는 걸
생각조차 하지 않으니까요

바람에 날려가는 낙엽을 보고
가슴이 아리셨다구요
그대는 무척 외로우신 겁니다
그 지독한 이별의 아픔에
진정 공감하고 있으니까요

단풍이 진 자리에
새잎이 돋기를 기다리시나요
그대는 삶을 아는 진정 지혜로운 분입니다
봄날의 고운 신록도
추운 겨울을 견디며 잎눈을 키운다는 걸
이미 꿰뚫고 있기 때문입니다

노을

칠십 년을 홀로
바다에서 살아온 어부는
마침내 거북이를 닮았다

오늘밤엔 꼭 아내가 돌아오리라

또 하루가 더 붉어진 동백꽃을
그녀가 서성이던 거북바위에 곱게 뿌려둔다

애틋하게 버티어오던 사랑은
어둠이 야금야금 갉아먹었지만

영원히 간직해 온 순정만큼은
뱃전을 흔들던 저녁 바다에 고이 내려앉아

순식간에 세상 전부를
붉게붉게 물들이고 있다

그리움

가산산성 정상의
너럭바위에 올랐다

같이 한번 온 적도 없는
그대의 얼굴이 뜬금없이 떠오른다

막걸리 한 잔을 따르는데
철쭉꽃 사이로 그대 음성이 들려오고

산새 소리를 나뭇가지에 걸어둔 채
나는 서둘러 바위에서 일어선다

9월을 산다는 것

한낮의 햇볕은 뜨겁고
여전히 공기는 습하다

가끔 시원해진 물바람이 불지 않는다면
무성한 여름과 무엇이 다르랴

하지만
밭둑의 풀들과 느티나무 잎들이 조금씩 누레지고
버마재비 날개 빛은 점점 옅어지고 있다

9월을 산다는 것은
조금 성글어지는 것이고
조금은 더 옅어지며
그렇게 조금씩 누레져 가는 것이다

나는 철면피이다

언젠가부터
그대를 바라보면
까닭도 없이 울컥 화가 난다

언젠가부터
그대 얼굴을 바라보면
그대의 나이를 되뇌어본다

언젠가부터
그대의 자는 모습을 바라보면
그냥 서글퍼지고
그냥 자꾸 미안해진다

오랜 세월을 함께한 우리의 삶에
왜 그런지 모를 까닭이 없는데도
애써 모른 체하고 있는
나는 철면피이다

겨울 들판

그 곱고 여린 들꽃들이
행여나 찢어질까

저렇게 모두 한창인데
누군가 주저앉지는 않을까

많은 것이 잘 익어가고 있는데
바람은 탈 없이 지나갈까

단 하루도
애태우지 않은 날은 없었다

들판은 그렇게
힘든 줄도 모르고 지쳐갔다

벌레도 숨어버린 대지에
찬바람이 밀려들고

고개 꺾인 풀들이
나의 육신처럼 마르고서야

비로소 들판은
하룻밤 불편한 잠을 청해 본다

태백산 상고대

찬바람을 이겨낸 그대여
겨레의 성산에 순백의 꽃으로 피어난
밤을 인내한 그대여

불꽃처럼 반짝이는 고귀한 신세계를
기어이 만들어낸
아침 햇살보다 눈부신 그대여

천년 고목을 휘감은 황홀한 자태는
홀연히 능선을 넘어가던
하얀 바람마저 멈춰 세우고

푸른 하늘 아득히 뻗은 청량한 그대의 기운은
혼미한 내 머리 위로
섬광처럼 내리꽂힌다

청도 와인 터널

기차가 달리던 그 터널에
오늘은 추억이 분주하다

까까머리들 수학여행 날
장난치던 기차 터널

누가 엎을세라 꼭 껴안은
엄마의 감 광주리

바다 구경은 핑계일 뿐
그녀의 손 한번 잡아보는 터널

쉬임 없는 삶이 지나가던 터널에
오늘은 또다시 행복이 달리고 있다

은은한 와인 향기가
청춘의 밀어를 따라 흐르고

색색의 불빛 속에는
여기저기 공명하는 웃음소리가
추억처럼 깊숙이 터널 속에 잠겨 든다

슬프고 우울한 시는

시는
누군가에게 힘을 주고
용기를 주어야 한다는데

시는
모두에게 즐거움을 주고
또 행복을 주어야 한다는데

슬프고 우울한 나의 시는
희망을 줄 수 없어 슬프다

모든 부유물이 내려앉은
맑고 깊은 호수의 물처럼
차갑고 청정한 내면을 찾아가는 것밖에는
아무것도 줄 수 없어 더 우울하다

꼭 그렇게 달려야만 했나

기차는
11시에 떠나기로 되어 있었다
헐레벌떡 정신없이 달려
겨우 출발 시간에 맞춘다

옆 좌석의 낯선 이 앞에
더운 땀을 마구 내뿜어대며
겨우 안도의 한숨을 몰아쉬는데
....

아, 나는 약속 시간보다
30분이나 일찍 도착했고
기차는 11시 15분에 또 있었다
......

꼭 그렇게 달려야만 했나

삼월 밤비

비가 내린다
삼월의 밤에 봄이 내린다
쇠잔해진 겨울의 등줄기에
아예 빗물 쐐기를 박나 보다

요란하지도 굵지도 않고
나를 지치게 하지도 않는 봄비
번쩍거리는 도시의 불빛을 등진 채
몇 시간째 비를 맞는 벚나무가
하나도 안쓰럽지 않다

저녁답에 시작된 비가
새벽 두 시가 넘어서도 여전히 똑또닥거리는데
겨우내 팍팍해진 마음을 적시는 기쁨으로
쉽사리 잠이 올 것 같지 않다

여름밤이 오는 이유

더운 여름날
온갖 나방들이 사랑을 하기엔
낮이 너무 뜨겁기도 하지만

해가 저물 때
겨우 봉오리를 맺어낸 달맞이꽃을
아르테미스 혼자서 피워내기엔
햇빛 강한 낮이란 것이
비구름보다 더 무섭기 때문이다

대구역에서

어느 봄날
대구역에서
나는 여행을 떠난다

무거운 몸뚱이는 플랫폼에 남겨두고
조바심만 서둘러 기차에 올라타고서
산수유꽃 지천으로 핀 남쪽 마을로
나는 나를 배웅한다

차창 속으로 슬쩍 보이는 봄은
아마 서울에서 왔으리라
무심하게 기차는 떠나고
오늘은 세상을 역에 떨궈둔 채
나는 나를 배웅한다

군자란(君子蘭)

어둡고 커다란 잎은
오직 꽃을 돋보이게 하는 것일 뿐

그저 그런 존재인 줄 알았다

화려한 꽃이 지고서야
진정한 군자의 모습을 알겠다

황금빛 기품을 입은 꽃이란
그를 좀 더 돋보이게 했을 뿐

투박한 난잎의 흔들림 없는 정좌가
그의 참모습인 줄 이제 알겠다

사랑한다는 건

사랑한다는 건
상처 주지 않는 것
상처로 아프게 하지 않는 것
서로를 마음 아프게 하지 않는 것이리라

사랑한다는 건
나름대로 배려하는 것
배려를 모르게 배려하는 것
서로가 마음으로 아픔을 살피는 것이리라

유리병

유리병은
딱딱하게 굳어있다

한 때는
마그마처럼 뜨겁게 끓어올랐었지만
언젠가부터
유리병은 차갑게 식어버렸다

차가운 유리병이
유리병을 만나면
시끄럽고 또 잘 깨진다

하지만
깨진 유리조각 더미 속에는
차가운 유리병도 쉬이 깨지지 않는다

감히 그대를 사랑하고 싶습니다

엷은 햇살은
퇴색한 나뭇잎을
안쓰럽게 감싸고

바람은
점점 식어가는 호수 위를
분주하지만 참 쓸쓸히 달려갑니다

이 늦은 가을에
나만큼이나 지쳐있는 그대 때문에
그대만큼이나 외로운 나 때문에
감히 그대를 사랑하고 싶습니다

내 여윈 가슴속에
늦가을 햇살만큼 남은 정열이라 해도
감히 그대의 사랑이 되고 싶습니다

삼릉(三陵) 솔숲

곧은 솔, 굽은 솔
어린 솔, 늙은 솔

서로서로 잎을 맞대고
멋진 숲 고운 그늘 만들고 있지만
누구 하나 서로에게
힘겨운 무게로 기대지 않는다

굵은 솔, 가는 솔
약한 솔, 강한 솔

지향 없이 흔들리는 가지를 붙잡고
치열하게 바람을 견디며 살아가지만
적당한 거리를 두고 선 채
누구 하나 서로에게
큰 상처로 아픔 주지 않는다

10월 태풍

가을에 대한 갈망이
뜨거운 열꽃으로 피어나던 지난여름엔
너는 그토록 모른 체하며 오지 않더니

여름 내내 들떠 있던 못물이
겨우 차분해지려는 10월 어느 날
너는 광풍을 타고 느닷없이 달려왔다

마치 나의 스무 살을 흔들던 그녀처럼
거침없이 비바람을 쏟아놓고
내 마음 따위는 아랑곳없이 떠나버렸다

이별의 아픔으로
훗날을 기약하기도 힘든 청춘 앞에
아무 일도 없었다는 듯
너무도 잔인하게 나를 버린 그녀처럼
너는 약간의 자비조차 없이
모든 것을 휩쓸고 떠나버렸다

태풍이 알려준 것

태풍이 지나간 뒤
수그렸던 고개를 들고
새삼 내가 사는 마을을 바라본다

사람 사는 곳이란
원래 저렇게 맑은 게 맞는 게지

먼지 앉은 너와 내가
시원한 바람에 마음 씻을 수 있어야
그게 진정 사람 사는 마을이지

태풍이 지나간 뒤
또렷한 산 능선 위로 생겨난
하얀 뭉게구름을 쳐다본다

하늘은 원래 저렇게 창창하고
끝 간 데까지 파래야 맞는 게지

하루하루 힘겨운 너와 내가
오래오래 바라보며 마음 줄 수 있어야
그게 진정 하늘인 게지

자존심

주고 싶었습니다
내 사랑을 모두 주고 싶었습니다
하지만 주는 법을 몰랐습니다
순식간에 튀어 나간 철없는 화살이
손쓸 틈도 없이 그대 가슴에
그냥 꽂혀버렸습니다

받고 싶었습니다
그대 사랑을 모두 받고 싶었습니다
하지만 받는 법을 몰랐습니다
닫혀버린 말문에 안타까움만 맴돌다가
마음과 달리 내질러진 비수는
모질게 그대 마음을 찌르고 말았습니다

후회합니다
이토록 우리를 어색하게 만들어버린
어리석은 나를 후회합니다

비참하고 황량한 가슴에
스산한 바람이 하염없이 불어오지만
그대의 냉담한 거절이 두려워
여전히 두 팔을 벌리지 못하는
이런 어처구니없는 물건을
......
정녕, 신께서 만드신 건가요

화엄사 겨울 목어

산사의 겨울 저녁
운조루에 불이 켜지면
보름달같이 환한 법고 뒤에
없는 듯이 매달린 목어

현란한 법고 소리가 계곡을 다 내려간 뒤
목어는 드디어 염불을 시작해본다

더그르르...... 더그르르......
차가운 오늘밤 물속의 그대들도
모두모두 무사하길......

떠엉...... 떠엉...... 떠엉......
갑자기 범종소리가 들려오고
추녀 끝에서 재잘대던 풍경들이
그 장엄함에 또 숨을 죽인다

목어는 체념한 듯 눈을 감고
무심한 스님의 장삼 자락에 매달려
어두운 절간을 소리 없이 빠져나간다

소광리 금강송 숲에는

소광리 금강송 숲에는
소나무의 왕이 산다

곧고 높은 줄기는 솟고 뻗어서
기어이 푸른 하늘에 닿고

십이령을 내려온 약수는 흐르고 흘러서
여기저기 깊은 하늘을 담았다

산양이 뛰어넘은 능선 길에
청정한 솔향기가 넘실거리는데

돌아가는 굽이마다 끝없는 욕심이 생겨
느린 발걸음을 자꾸만 멈추고 있다

언젠가는 우리가

언젠가는
우리가 헤어져야 하는 존재임을
알고 산다면

언젠가는
서로가 죽음으로 이별할 것을
진정 가슴에 새기고 산다면

그대를 향한 나의 미움도
나를 향한 그대의 증오도
모든 걸 참아낼 수 있지 않겠는가

삶의 슬픔도
관계의 고통도
결국은 이겨내고 말지 않겠는가

모과꽃

연분홍 고운 마음을
저보다 더 고운 잎새 뒤에 숨기고
모과꽃은 그렇게 남몰래 피어난다

나비마저 찾지 않는
날마다 옅어지는 삶이여
없는 듯이 살다 간 엄마처럼
모과꽃은 그렇게 피었다 진다

아프도록 화사한 어느 봄날
검은 골바람이 한바탕 모두를 흔들고 간 뒤
벚꽃처럼 살아보지도
동백꽃처럼 죽어보지도 못한 우리 엄마는
그제야 흰나비가 되어
따스한 산자락을 훨훨 날아가고 있다

의사 김윤영

그는 대학병원 안과 의사다
나는 그의 환자이며
망막을 수술한 지 십수 년이 흘렀다

지금은 일 년에 두 번 그를 만나며
진료실 안팎에서 쩌렁하게 울리는 그의 목소리를
오늘도 나는 두 시간 내내 기쁘게 듣고 있다

그의 큰 목소리는
나의 평안과 안정을 만든다
그의 자신감이기도 하지만
내 눈을 지켜줄 거란 믿음의 표상이기 때문이다

한때는 그의 큰 목소리가
젊음의 증거이거나 의사의 자부심이려니 생각했다
그때는 내가 마음의 눈마저 아팠나 보다

오랜 세월
변함없는 열정으로 사람을 대하는 일이
진정한 애정 없이는 불가능함을
나도 잘 알지 않던가

그의 눈엔 진실이 있다
목소리엔 열정이 가득하며
표정엔 신중함이 배어있다

아픈 눈을 고쳐주고
나의 못난 마음도 치료해 주는
그는 천생 의사이다
그는 멋진 사람이다

회갑을 맞으며

몸뚱이가 가벼워진 만큼
하루하루는 더 무거워지고
다리가 후들거리는 만큼
엷어진 마음도 자꾸 휘청거린다

이제 다시 한 살이다

쟁기로 밭을 가는 소처럼
두 다리에 다시 힘을 주고
한 걸음 또 한 걸음
그렇게 걸어가고 싶다

남매지 전설

때로는 여기에
가난한 엄마의 눈물이
슬픔으로 고이기도 했지만
때로는 이곳에
순박한 오라비의 땀방울과
마음씨 고운 누이의 갸륵함이 흘러들어
압량들판 한 자락에
제법 실한 알곡을 맺기도 했었다

어느 날
그들을 송두리째 흔들어버린 가혹한 운명은
누이를 탐한 망나니조차 단죄하지 못한 채
수백 년의 세월만
역사처럼 흐르고 또 흘러버렸다

오누이의 한이 서린 호수에
다시 어둠이 깔리고
수백 년이 지나도 여전히 뻘 속에 갇혀있던
차마 죽지 못한 그들의 응어리가
휘황한 달빛이 연잎을 감싸는 오늘밤
마침내 물속을 뚫고 나와
붉게붉게 피어나고 있다

어떤 산행

걷고 또 걸어도
끝이 보이지 않았습니다
컴컴한 그늘이 드리운 좁은 산길은
내가 밟는 나뭇가지 소리에도 놀랄 만큼
무섭게 한적하였습니다

저 멀리 들판이 슬쩍 보였을 때는
그냥 산을 내려가 버릴까
잠시 고민도 하였습니다
빽빽하게 우거진 큰 나무들이 하늘을 가려
산꼭대기마저 볼 수 없으니
올라가는 길이 맞는지
알 수도 없었습니다

얼마나 걸었을까요
작은 소나무들이 에워싸고 있는
제법 큰 바위에 올라선 후에야
내내 찜찜했던 그 갈림길을
되돌아볼 수 있었습니다

아, 정상으로 가는 길이 아니었습니다
잘못 든 길인 줄 겨우 알긴 했지만
너무 멀리 와버렸습니다
한숨이 저절로 났지만
돌아갈 용기는 없었습니다
희미하지만 낙엽 위로 무슨 흔적이 보였습니다
누군가 지나간 발자취가 분명했습니다

오늘은 그냥 이 길로 가야겠습니다
정상엔 갈 수 없겠지만
산바람이 시원한 커다란 바위와
촉촉이 젖은 이끼며 아름다운 단풍이 가득한 계곡도
보고 싶은 만큼 실컷 볼 수 있을 테니까요

이건 분명 설사다

모두가 맛있다고 하길래
나도 그 순대를 먹었다

내가 좋아하는 찰순대가 아닌 건 어쩔 수 없었지만
이미 상한 건 줄은 몰랐다

모두가 이름난 맛집이라 칭송을 하니
생각 없이 덩달아 먹은 게 잘못이었다

아무리 배가 고파도
가릴 건 가려 먹어야 했다

이건 분명 설사다
그냥 배가 아픈 게 아니다

어젯밤부터 지금까지
나는 잘못된 선택의 대가를
호되게 치르고 있다

시소 타기

한적한 아파트 놀이터에
어린아이 둘이 오더니
재잘대며 시소타기를 한다

하늘로 솟았다가 내려가고
땅으로 내려갔다가 다시 올라가는
아름답고 즐거운 시소 타기

햇살 따사로운 놀이터에
어디선가 나타난 덩치 큰 녀석이
시소 한가운데 올라서서
이쪽으로 갔다 저쪽으로 갔다 하면서
아이들 약을 올린다

균형이 깨져 멈춰버린 시소 타기는
결국 울음으로 끝이 나고
아이들이 떠나버린 놀이터는
아무도 없이 다시 적막하다

아버지의 감나무

어떤 연유로 흘러 왔는지
어떻게 뿌리를 내렸는지 모르는
수많은 초목이 사방을 둘러싼 햇살 좋은 산골에
아버지가 심으신
당신을 닮은 감나무가 서 있었습니다
얼추 비슷한 세월을 살아온 또 한 그루의 나무도
허름한 돌담을 떠받치며 함께 서 있었습니다

따뜻한 햇살이 나무를 휘감는 봄날이 오면
연둣빛 고운 잎들이 파릇파릇 돋아나고
귀여운 감꽃들이 수줍게 고개를 내밀었습니다
때맞추어 어린 감들도 선물처럼 앙증맞게 생겨나곤 했지요

삶이란 그런 것이었나요
해마다 어김없이 여름이 오고
나무는 성가신 벌레들과 싸워야 했으며
어린 것들이 설익을까
쏟아지는 뙤약볕 아래 그늘도 만들어야 했습니다
제 무게를 감당하지 못한 약한 가지가 행여나 부러질까
무시로 들이치는 비바람 앞에
지레 잎사귀를 떨궈내기도 하였습니다
삶이 뭔지 한번 돌아보지도 못한 채
바쁘고 힘겨움을 그것이라 여기며
그냥 열심히 살았습니다

하늘이 높고 햇살이 좋은 날도 있었습니다
들판에는 나락이 누렇고
한 계절 잘 견뎌온 감들도 실하게 익어가는
참으로 그렇게 아름다운 날들도 많았습니다

하지만
삶은 강물처럼 흘러가는 것이라 했던가요
곱디고운 봄날은 너무 짧았고
행복했던 가을도 순식간에 지나가 버렸습니다
그렇지만 그것들이 아무런 의미가 없는 것은 아니었습니다
봄날의 강렬한 그 설렘이 없었다면
길고 무더운 여름날을 어찌 지났을 것이며
가을날의 흐뭇한 그 행복이 없었다면
모질고 차가운 눈보라를 어찌 견딜 수 있었겠습니까

어느 날 문득 눈을 뜨니 군데군데 뿌리가 삐져나오고
줄기며 가지도 많이 약해졌습니다
언제나 부르면 달려올 것 같던 봄꽃도
조금만 기다리면 곧 익을 것 같던 감들도
더 이상 찾아오지 않았습니다
여름도 겨울도 다시는 돌아갈 수 없었습니다

아버지, 이제는 볼 수 없는 당신의 감나무에
날이 갈수록 감잎이 더 곱게 물들고
해가 갈수록 감들은 어찌 더 붉게 익어가는지요
시린 바람 너머 쏟아지는 늦가을 햇살이
오늘따라 유난히 더 따사롭습니다

나는 아직 갈 수 없습니다

지금은 갈 수 없습니다
쪽빛 바다처럼 깊은 그대 눈을 잊지 못해
나는 아직 떠날 수 없습니다

보이는 모든 것이 그대인 줄 알았습니다
그대를 보고픈 갈망 때문에
자꾸만 헛것을 보았습니다

마음속에 지울 수 없는데
눈 속엔들 어찌 지울 수 있겠습니까

언젠가 그대를 마주할 때
똑똑히 알아볼까 쓸데없는 걱정도 했지만
날마다 그리운 그 얼굴을 잊을 수는 없겠지요

사십 년을 기다려왔지만
티 없이 맑은 모습 여전히 지우지 못해
나는 아직 갈 수 없습니다

탈춤

사람들은
탈을 쓴다
뭔가를 가리기 위해
아니, 뭔가를 드러내기 위해
양반처럼 초랭이처럼 탈을 쓴다

사람들은
탈춤을 춘다
뭔가를 말하고 싶어
아니, 말 못할 그 무엇 때문에
부네처럼 중처럼 탈춤을 춘다

알 수 없는 표정에
어색한 몸짓으로
때로는 나를 감추고
때로는 너를 헤집으며
오늘도 우리는 탈춤을 춘다

여기서도 저기서도
간절한 몸짓으로 탈놀음을 하고 있다

나목6

잊고 있었다
네가 죽은 것이 아니라
차가운 겨울 하늘을 온몸으로 맞서고 있다는 걸
모르는 건 아닌데
잊고 있었다

지난 가을
노란 낙엽을 모두 떨구어낸 것이
아름다운 새봄을 그리는 너의 큰 뜻이라는 걸
모르는 건 아닌데
잊고 있었다

수달처럼 미끈한 너의 줄기 속에
한겨울에도 얼지 않는 더운 피가 흐르는 걸
모르는 건 아닌데
잊고 있었다

무관심

내가 다니는 직장의 점심은
주는 대로 먹는 밥이다

오늘도
나는 점심밥을 맛있게 먹었다
또 배부르게 잘 먹었다

……
오늘 점심
메뉴가 뭐였더라

노란 탱자가 있는 호수

단산호수 둘레길에
늦가을 어둠이 짙어가고
탱자나무 가시 사이로
둥근 달이 노랗다

날이 저물어 갈수록
고요해지는 호수 물속에
오래 잊고 있었던 그리운 얼굴들이
둥근 달처럼 또렷이 돋아난다

저녁 바람에 문득 살아난 잔잔한 파문이
살며시 노란 탱자를 흔들어보더니
이내 어둠 속으로 사라져 버린다

오늘은 아버지가 그립다

차가운 겨울바람이
부스러진 낙엽들을
마당 한 구석으로 몰아넣는 오늘
한낮의 기온이 영하 1도이다

뜬금없이 아버지가 그립다

내 어릴 적 겨울 밤
불빛 하나 없는 깜깜한 산길을
쌀 한 자루 메고 넘어오신 아버지

그 차가운 두루마기 자락이
내 얼굴 위에 서걱일 때
나는 그냥 자는 척하던 철부지일 뿐이었다

햇살까지 차가운
유난히 몸이 떨리는 오후
오늘은 아버지가 그립다

스페인 대평원

1

여기는
가만히 머물 수가 없다

바람이 달리고
낮고 파란 하늘이 달린다

광활한 밀밭이
겨우 멈추는가 하면

이젠 올리브밭들이
끝도 없이 이어달리고 있다

벌레처럼 꿈틀대고 있는 버스만
느릿느릿
검초록 푸르른 저 겨울 대평원을
몇 시간째 기어가고 있다

2

겨울바람은
아득히 먼 곳에서 불어오고

밀밭에도 잔디밭에도
이끼 쓴 돌덩이들은 셀 수가 없는데
또 그만큼의 수많은 소떼들이
여기저기 무리 지어 풀을 뜯고 있다

얼마 후면
푸르고 푸른 저 대평원에는
노란 해바라기꽃이 넘실거리겠지만
이 광야를 가득 채워낼 수는 없다

돈키호테가 아무리 열심히 말을 달려도
아득한 지평선까지 달려낼 수는 없다

저 대평원을 가득 채울 수 있는 것은
오직 푸르고 푸른 하늘에서 뿜어내는
강렬한 햇빛뿐이다

3

돈키호테는 생각보다 비쩍 말랐다
저 넓은 광야를 달려갈 마음을
어떻게 먹을 수 있었을까

늙은 로시난테가
저 넓은 평원을 가로질러
정말로 달려갈 수 있을 거라고
돈키호테는 굳게 믿은 것일까

혹시 주인이 달리라고 하면
달릴 수밖에 없겠지
그렇게 생각한 것은 아닐까

그래, 갈 수 있느냐는
처음부터 중요하지 않았으리라
가리라는 꿈과 의지가
그에게는 전부였을 것이리라
아니, 갈 수 있다고
굳게 믿으면 가게 되는 것이었다

풍차는 돈키호테의 생각만큼
거대하지는 않았다
하지만 저 지평선은 너무 멀다
끝도 없이 아득하다

아, 저건 라만차(La Mancha) 대평원이구나

나목7

눈 내리는 겨울밤
외로움이 하얗게 내린 숲에서
기약 없는 몸부림만 치고 있지 않을까
이제 더는 너를 안쓰러워하지 않는다

육신보다 헐벗은 가슴속에
행여 얼음장 같은 겨울 달빛이
시린 냉기로 깔리지나 않을까
이제 더는 너를 염려하지 않는다

오랫동안 너를 들뜨게 했던 환상들은
이미 저만큼 날려가고
늘 위태롭게 매달려있던 설익은 꿈들도
마침내 땅속에 갈무리되었다

무척 단단해진 너의 사지가
얼음발 성성한 겨울 산에
이리 튼실하게 뿌리를 내리고 있으니
이제 더는 너를 아파하지도 않을 것이다

삶이 아무리 그런 거라고 해도

곽철재 시집

2020년 1월 23일 초판 1쇄
2020년 1월 30일 발행
지 은 이 : 곽철재
펴 낸 이 : 김락호
삽화 사진 : 곽철재
디자인 편집 : 이은희
기 획 : 시사랑음악사랑
연 락 처 : 1899-1341
홈페이지 주소 : www.poemmusic.net
E-Mail : poemarts@hanmail.net
정가 : 10,000원
ISBN : 979-11-6284-178-5